S COMPLÈTES D'ÉDO

QUAND LES VIOLONS SONT PARTIS

VERS POSTHUMES

Les Violons aussi se taisent, qui jouaient si vigoureusement pour la danse, pour la danse des passions; les violons se taisent aussi.

HENRI HEINE. (Angélique).

PARIS
LIBRAIRIE LEON VANIER, EDITEUR
A. MESSEIN Succr
19, QUAI SAINT-MICHEL, 19

MDCCCCV

QUAND LES VIOLONS SONT PARTIS

VERS POSTHUMES

POÉSIES COMPLÈTES D'ÉDOUARD DUBUS

QUAND LES VIOLONS SONT PARTIS

VERS POSTHUMES

Les Violons aussi se taisent, qui jouaient si vigoureusement pour la danse, pour la danse des passions; les violons se taisent aussi.

HENRI HEINE, – (Angélique).

PARIS

LIBRAIRIE LEON VANIER, EDITEUR

A. MESSEIN, Succr

19, QUAI SAINT-MICHEL, 19

MDCCCCV

IL A ÉTÉ TIRÉ DE CE LIVRE

7 exemplaires sur Japon numérotés 1 à 7
10 — sur Hollande numérotés 8 à 17

N°

A MES AMIS

Alfred VALLETTE, Louis DUMUR, Louis DENISE,

E. D.

LIMINAIRE

Pour Adolphe Retté.

En mes rêves, où règne une Magicienne,
Cent violons mignons, d'une grâce ancienne,
Vêtus de bleu, de rose, et de noir plus souvent,
Viennent jouer parfois, on dirait pour le vent...
Des musiques de la couleur de leur costume,
Mais où pleurent de folles notes d'amertume,
Que la Fée, une fleur aux lèvres, sans émoi,
Ecoute longuement se prolonger en moi,
Et dont je garde souvenir, pour lui complaire,
En maint joyau voilé d'ombre crépusculaire,
Qu'orfèvre symbolique et pieux je sertis
A sa gloire,
Quand les violons sont partis.

I

Et qui m'a possédée a possédé la Fraude.

ALBERT SAMAIN

I

Tu m'apparus un soir d'hiver mélancolique :
Envahi par la nuit sinistre, l'occident
Evoquait ces lointains de vieille basilique,
Où s'érige en splendeur le maître-autel ardent;
Tu m'apparus un soir d'hiver mélancolique.

Des grâces du couchant ta beauté fut l'égale :
Tes longs cheveux demeurés seuls à te vêtir
Semblaient la mer roulant des roses du Bengale,
A l'heure où les soleils mourants vont s'engloutir ;
Des grâces du couchant ta beauté fut l'égale.

Mais l'âme éprise d'horizons crépusculaires,
Haïssant le réel pour ses fauves midis,
Tu n'aimas que la brume, où les regards stellaires
S'avivaient à l'appel de tes yeux agrandis,
Chère en allée aux horizons crépusculaires.

II

Pour jean Court.

Solitaire dans un jardin des Hespérides,
Parmi les fleurs pâles, aux senteurs ingénues,
Qui n'ont jamais vibré sous les soleils torrides,
Elle va, le regard éperdu vers les nues.

Son âme, une eau limpide et calme de fontaine :
Sous le grand nonchaloir des ramures funèbres,
Reflète indolemment la rêverie hautaine
De lys épanouis dans les demi-ténèbres.

Une angélique Main, qui lui montre la Voie,
Seule dans sa pensée eut la gloire d'écrire,
Et le ciel, d'une paix divine, lui renvoie
L'écho perpétuel de son chaste sourire.

Pourtant, des soirs, au fond de ses veines circule
Une langueur cruelle en sa douceur première,
Quand ses cheveux, d'un or mourant de crépuscule,
L'enveloppent de leur caresse de lumière.

Son printemps ne sait pas les rafales brutales
Qui, pour toujours, dans la poussière des allées
Profaneront le pur désastre des pétales,
Mais elle songe à des colombes en allées ;

Et, moins Vierge aux conseils de la brise qui passe,
Elle pressent que vers les forêts et les brandes,
Loin des murs élevés en terreur de l'espace,
Son désir fou prendra l'essor, les ailes grandes.

III

Pour Rémy de Gourmont.

Droite en son vêtement d'impassibilité,
Elle évoque la majesté mélancolique
D'une sainte, au long corps rigidement sculpté,
Dans un portail de cathédrale catholique.

Mais son âme est un soir d'été pourpre d'éclairs,
Retentissant d'un vent d'épouvante, qui brise
Les fleurs falotes et les hauts calices clairs
Epris de ciel limpide et de soupirs de brise.

Elle paraît ainsi bien Reine pour ces temps,
Enveloppés de leur linceul de décadence,
Où toute Joie est travestie en Mort qui danse,

Et l'Amour en vieillard, dont les doigts mécontents,
Brodent, sans foi, sur une trame de mensonge
Des griffons prisonniers dans des palais de songe.

IV

Pour Charles Morice.

Sa vie est un fleuve qui dort
Aux parfums de rives fleuries,
Le ciel y mire ses féeries
Profondes sous un frisson d'or ;
Sa vie est un fleuve qui dort.

La nacelle du Rêve y dort
Au chant d'ariettes, fleuries
D'une mémoire de féeries
De roses, de brocart et d'or;
La nacelle du Rêve y dort.

Mystérieuse l'eau qui dort :
Combien d'illusions fleuries
Sombrèrent là, par les féeries
Des ouragans balafrés d'or ?
Mystérieuse l'eau qui dort.

V

Pour Charles Merki.

En son profil d'impératrice byzantine,
Que nimbent de lueurs câlines ses cheveux,
Comme une aurore dans les brumes, se mutine
Un rire où la Tourmente a laissé des aveux.

L'orgueil de son regard invincible dérobe
Des flammes à l'azur cruel de Messidor,
Et, sous les plis toujours frivoles de sa robe,
Lasse de coups d'aile brisés, son âme dort.

Ses rêves sont de beaux navires en partance
Vers des pays voluptueux, de flore intense,
Défaillante aux splendeurs de soleils embrasés,

Cependant que, nonchalamment, elle se pare
De lis, qui pâment à sa caresse barbare,
Et meurent au parfum rouge à ses baisers.

ROMANCE

J'aimerais bien vous égarer un soir
Au fond du parc désert, dans une allée
Impénétrable à la nuit étoilée ;
J'aimerais bien à vous égarer un soir.

Je ne verrais que vos longs yeux féeriques,
Et nous irions, lèvres closes, rêvant
A la chanson languissante du vent ;
Je ne verrais que vos longs yeux féeriques.

Dans les parfums mystérieux du bois
Vous oublieriez votre âme, et l'enjôlée
Loin vers le ciel prendrait son envolée
Dans les parfums mystérieux du bois.

Des papillons voltigeraient dans l'ombre,
Et, l'aile folle, effleureraient vos mains
Et votre joue aux fugitifs carmins ;
Des papillons voltigeraient dans l'ombre.

Auriez-vous peur ? Aurais-je peur aussi
De vos petits frissons dans vos dentelles ?
Vous conterais-je alors des bagatelles ?
Auriez-vous peur ? Aurais-je peur aussi ?

Quelle serait la fin de l'aventure ?
Un madrigal accueilli d'airs moqueurs ?
Nous fûmes tant les dupes de nos cœurs !
Quelle serait la fin de l'aventure ?

MADRIGAL

Ne vous souvient-il pas d'une existence exquise,
Au temps joli qui vit fleurir la Pompadour?
Lors, on vous saluait en soupirant : « Marquise! »
On m'honorait comme un très digne abbé de cour.

Vous me laissiez parfois, quand languissait le jour,
Vous prêcher, tout confit en l'onction requise,
Quelque homélie assez incandescente pour
Mettre la mer à sec et fondre la banquise.

Quand la Mort nous plongea dans le Royaume noir,
Nous reprîmes si bien nos jeux que, pour ce monde,
Pluton scandalisé nous fit repasser l'onde!

Désormais votre abbé, Marquise, attend le soir
Où, brûlant des beaux feux de naguère, il vous dise
Un madrigal au vieux parfum de mignardise.

LE MAUVAIS CHEMIN

Le chemin, tu le sais, se désole bien vite :
Tous deux naguère, avec d'autres qu'on ne dit pas,
Et dont nos yeux pensifs reconnaîtraient les pas,
Nous l'avons parcouru tant de fois, et si vite !

Il y pleure des voix, que jamais on n'évite,
Chaque sourire évoque un songe du passé ;
Voici revivre en nous un poème effacé,
Au refrain de regret, que nulle âme n'évite.

Mais aujourd'hui, l'illusion qui ne meurt pas,
Epanouit ses fleurs magiques sous tes pas,
Et jette son appel dans le vent : « vite, vite ! »

Il le faut : Nous irons, comme par le passé,
Vers l'horizon de rêve, où mon regard évite
La vision d'un souvenir mal effacé.

PANTOUMS

I

Pour Renée Dérigny.

La lune épanouit au ciel sa rêverie,
Les constellations semblent des yeux moqueurs ;
Accordez une bonne étoile à qui vous prie,
Reine, qui parsemez d'astres la nuit des cœurs.

Les constellations semblent des yeux moqueurs,
Dans les lilas fleuris le vent du soir chuchote,
Reine, qui parsemez d'astres la nuit des cœurs,
Je vous tiendrai des propos fous de don Quichote.

Dans les lilas fleuris le vent du soir chuchote,
Des gazouillis très doucement jasent d'amour ;
Je vous tiendrai des propos fous de don Quichote.
Si vos lèvres me sont clémentes quelque jour.

Des gazouillis très doucement jasent d'amour,
Des parfums enchantés voltigent dans l'espace ;
Si vos lèvres me sont clémentes quelque jour,
Je ne vous louerai point d'un chant d'oiseau qui passe.

Des parfums enchantés voltigent dans l'espace,
Dans un brouillard d'azur adorablement fin ;
Je ne vous louerai point d'un chant d'oiseau qui passe :
J'aimerais vous bercer de madrigaux sans fin.

Dans un brouillard d'azur adorablement fin,
Il n'est rien, ce doux soir de mai, qui ne sourie ;
J'aimerais vous bercer de madrigaux sans fin :
La lune épanouit au ciel sa rêverie.

II

A l'abri des rideaux couleur de paradis,
Un vague demi-jour sommeille dans la chambre ;
Est-ce en rêve les mots frivoles que tu dis ?...
Je m'oublie aux senteurs de tes fins cheveux d'ambre.

Un vague demi-jour sommeille dans la chambre,
La pendule a perdu son rythme avertisseur ;
Je m'oublie aux senteurs de tes fins cheveux d'ambre,
Ton âme dans tes yeux sourit avec douceur.

La pendule a perdu son rythme avertisseur,
Le grand lit dans l'alcôve est nimbé de mystère ;
Ton âme dans tes yeux sourit avec douceur,
Lèvres, fleur de pêcher folâtre, il faut vous taire.

Le grand lit dans l'alcôve est nimbé de mystère,
Le tapis de Turquie éteint le bruit des pas ;
Lèvres, fleur de pêcher folâtre, il faut vous taire
Dans l'abandon des longs baisers qu'on n'entend pas.

Le tapis de Turquie éteint le bruit des pas,
L'air est tout languissant d'un parfum de paresse ;
Dans l'abandon des longs baisers qu'on n'entend pas,
Veux-tu qu'un petit coin du ciel nous apparaisse ?

L'air est tout languissant d'un parfum de paresse,
Conseilleur de jolis projets un peu hardis...
Veux-tu qu'un petit coin du ciel nous apparaisse,
A l'abri des rideaux couleur de paradis ?

MAGNA QUIES

Ton cher amour c'est une aubépine fleurie,
Dont j'ai voulu cueillir la neige parfumée ;
Par un enchantement d'Autrefois, sa ramée
Devant moi s'est ouverte et sur moi refermée.

Ses fleurs me versent une exquise griserie,
Je ne vois rien dans ma prison qui ne sourie,
Et mon âme ne s'est jamais endolorie
Aux épines veillant sur moi comme une armée.

De ses parfums, toute mémoire est morte, ou presque :
Je ne sais plus Jadis qu'en images très vagues
Aux tons las ou changés d'une ancienne fresque ;

Et, plus éperduement qu'au tonnerre des vagues
Roulant le cliquetis des galets sur la grève,
Ma Dame, à la chanson de tes yeux pers, je rêve.

LES YEUX FERMES

Pour Julien Leclercq.

Dans l'ombre des rideaux hantés par les chimères,
Quand les petits enfants pleurent de peur, les mères
Viennent les câliner de merveilleux récits.

Ils s'endorment, bercés par un songe de fées,
Dont les robes d'azur d'étoiles agrafées,
Traînent dans les lueurs de palais imprécis,

Où, sur un rythme lent de viole, des couples
Dansent nonchalamment, cambrant leurs tailles souples
Dans le brocart semé de joyaux éclatants.

Toute blanche, comme une aubépine fleurie,
Voici la Belle-au-bois-dormant : on la marie,
Ce soir, au bien-aimé qu'elle attendit cent ans.

Cendrillon passe au bras de l'Adroite Princesse...
Et les songes épars des contes, vont sans cesse
Souriant aux petits enfants jusqu'au réveil.

Haineux de la clarté, dont la chambre se dore,
Ils referment alors les yeux pour voir encore
Les visions que met en fuite le soleil.

Ainsi, dans la douceur d'un radieux mensonge,
Je me livre à la Voix qui me plonge en un songe
Des tristesses de mes chemins seul triomphant ;

Si le brutal soleil de vérité m'éveille,
Pour me leurrer un peu de ma chère merveille,
Je fermerai les yeux comme un petit enfant.

III

> La chair est triste, hélas ! et j'ai lu tous les livres.
>
> STÉPHANE MALLARMÉ.

VIOLONS

Pour Georges Darien.

C'est fin de bal : vois-tu que brille
Dans leurs yeux fous même chanson ?
Ecoute rire à l'unisson
Les deux violons du quadrille.

Ce n'est pas le rire qui brille
Dans les yeux après la chanson ;
Vont-ils pleurer à l'unisson
Les deux violons du quadrille ?

Mais vient le temps où la chanson,
Que l'on rêvait à l'unisson,
Comme autrefois dans les yeux brille.

Pauvre chanson ! pauvre chanson !
Ils riront seuls à l'unisson
Les deux violons du quadrille.

LA NUIT PERDUE

Sous les tilleuls irradiés de girandoles
Un orchestre jouait de frivoles motifs ;
Vers l'ombre des taillis fuyaient, à pas furtifs,
Des couples enjôlés au gré des farandoles.

Dans tout le parc c'était un scherzo de baisers :
Du rose épanoui des lèvres, ces corolles,
S'exhalait un parfum magique de paroles
Ouvrant un ciel menteur aux cœurs inapaisés.

D'un geste impérieux votre menotte pâle
Vers un bosquet de blancs lilas m'avait conduit ;
Une lueur de lune envahissait leur nuit,
Et vos cheveux fleuris s'auréolaient d'opale.

Nous frissonnions des violons, si langoureux !
Dont la brise apportait les conseils par bouffées,
Et des coups d'éventail, et des voix étouffées,
Qui ripostaient aux propos fous des amoureux.

Mais l'extase qui nous envahissait fut brève :
Le souvenir se mit à ricaner en nous,
J'eus peur de vous conter fleurettes à genoux,
Et vos regards interrogeaient mes yeux sans rêve.

MENSONGE D'AUTOMNE

Pour G.-Albert Aurier.

Croyant que surgiront des soleils éclatants
Parmi les ciels d'automne, aux rires de printemps,
Où s'exhale un avril des mourantes corolles,
Où s'élève un palais fragile, les mains folles,
Pour y passer un triomphal été futur,
Baigné par les splendeurs en feu d'un pur azur.

Quand c'est fini, le vent pleure à chaque fenêtre,
Et le froid seul, bien seul, mortellement pénètre
L'édifice promis aux torrides clartés,
Prophétisant : que les regards épouvantés

Contempleront l'œuvre illusoire en agonie.
Les murs enlinceulés par la neige infinie
Crouleront.
Et dès lors, vagabond des ravins,
On aura, comme juste abri des songes vains,
Après les jours en deuil, où planent les désastres,
Les claires nuits d'hiver, où grelottent les astres.

AURORE

Pour Stuart Merrill.

L'or rosé de l'aurore incendie
Les vitraux du palais où se danse
Une lente pavane affadie
Aux parfums languissants de l'air dense.

L'éclat falot de la bougie agonise,
A l'infini, dans les glaces de Venise.

Les rideaux mal rejoints sont, aux franges,
Allumés des splendeurs de l'aurore ;
La musique a des sons bien étranges :
On dirait un remords qui pérore.

Mourants ou morts déjà les sourires mièvres ;
Les madrigaux sont morts sur toutes les lèvres.

On s'en va, deux à deux, sans étreinte,
Sans cueillir un lambeau de dentelle,
Ecoutant tout rêveur, mais sans crainte,
Le bruit sourd de son cœur qui pantèle.

Pour défaillir, ne faut-il pas qu'on oublie
Le triste éveil d'une ancienne folie ?

Dans la salle de bal nue et vide
Reste seul un bouquet qui se fane,
Pour mourir du même jour livide
Que l'espoir des danseurs de pavane.

L'éclat falot de la bougie agonise,
A l'infini, dans les glaces de Venise...

CHANSON

Pour Gaston Lesaulx.

Avec les saisons jolies
Prirent l'essor nos folies ;
Les baisers sonnaient l'éveil
Des belles anonchalies
Dans un semblant de sommeil.

La brise apportait des plaines
Le parfum des marjolaines
Et des églantiers fleuris ;
Les coupes encore pleines,
Tous les amants étaient gris.

On roulait sur l'herbe fraîche
Et tous les sermons que prêche
Le Diable étaient écoutés :
Le Péché battit en brêche
Bien des ingénuités.

Mais la fête se fait lasse,
L'âme au vent plaintif se glace,
Les sourires vont mourant,
Voilà qu'on se désenlace,
L'Ennui qui guettait nous prend.

C'est l'hiver : plus une rose,
Plus de lyrique névrose,
Plus de soleil dans le vin ;
L'amour est un jeu morose :
Tout est vide, tout est vain.

FÉERIE

Pour Rachilde.

Des calices de lis chers aux vers luisants
Constellaient, telles de géantes opales,
Les bosquets parfumés de guirlandes, pâles
Comme la mer ondulant sur les brisants.

Une blanche fée, aux œillades câlines,
Devinant les petits Amours aux aguets,
Apparut ; des liserons et des muguets
Grelottaient sur la neige de ses malines.

Elle envoya des baisers vers les buissons,
Et, sans plus de bruit qu'un feu follet qui vole,
Loin, bien loin s'en fut : une brise frivole
L'enveloppant de caressantes chansons.

La nuit, du nuage flottant de ses voiles,
Tomba ; les petits Amours, lèvres en fleur,
L'appelèrent longtemps... Un vent de malheur
Emporta leur voix sanglotante aux étoiles.

BALS

Pour Maurice Clouet-Dufée.

Flûtes et violons soupirant leurs accords,
Le bal frissonne et tourne et miroite aux bougies ;
Les yeux des belles font rêver des élégies ;
La fièvre rôde autour des âmes et des corps.

Une petite main gantée en la main prise,
Le rythme ensorceleur des valses, les parfums,
L'énigme à deviner en leurs souris si fins,
La folle-du-logis, elle aussi, tout les grise.

Elles s'attardent fort au bras des cavaliers,
Le sol est jonché des roses de leurs poitrines,
Les pétales foulés en gouttes purpurines
Saignent en la blancheur de leurs petits souliers.

— Nos belles, voulez-vous, à la place des roses,
Sur vos cœurs attacher nos cœurs ? Elles ont ri,
Et les cavaliers sont partis, le sein meurtri,
Perdus en l'infini des chimères moroses.

— Qui délire ce soir aux parfums affolants
Des lis fleuris en leurs corsages de dentelles ?
Les belles qui nous ont pris nos cœurs où sont-elles ?
Sur quel rythme endiablé s'envolent leurs volants ?

Les belles sont encore au bal ; de leurs poitrines
Tombent les cœurs ravis naguère aux cavaliers ;
Elles valsent toujours, et leurs petits souliers
Glissent éclaboussés de gouttes purpurines.

SOIR DE FÊTE

Les oiseaux bleus, qui s'envolèrent ce matin,
Avec un chant d'où ruisselaient des paradis,
Sont-ils blessés par la brûlure des midis
Qu'ils reviennent vers nous d'un coup d'aile incertain ?

Les roses du chemin, que nous cueillons tous deux,
Sont plus pâles et plus rares à chaque pas ;
De leurs pétales défaillants ne sens-tu pas
S'exhaler vers ton âme un rêve hasardeux ?

Dans les buissons, qui nous déchirent les genoux,
Les fleurs ont un regard ironique et fatal,
Cependant qu'un ciel bas, aux éclats de métal,
Silencieusement s'appesantit sur nous.

Ne vois-tu pas une agonie au firmament ?
Les lueurs qui tremblaient dans la brume du soir
Se meurent, et voilà, sans étoiles d'espoir,
La nuit où le vent pleure inconsolablement.

IV

Crains dans le mur aveugle un regard qui t'épie.

GÉRARD DE NERVAL.

LA GLOIRE

Pour M. Jules Michaut.

Les drapeaux du Soleil vainqueur, où se marie
Le rose triomphal avec l'or souriant,
Poursuivent de rayons mortels la rêverie
Des astres, qui gardaient la Nuit à l'Orient.

Et, lorsque pavoisé de pourpre et d'écarlate,
Il apparaît dans sa gloire d'ascension,
Vers Lui, du chœur universel des fleurs, éclate
La rosée en regards chargés de passion.

Cependant qu'élargis, d'innombrables pétales
Sur des tiges, où bout une sève d'amour,
Même les lis, aux attitudes de Vestales !
Livrent leur âme à la merci du Roi du jour.

Et l'essor des parfums chante dans la lumière
Jusqu'au soir, où vaincu de l'éternel combat,
Sous l'ombre qui reprend sa royauté première
A l'horizon gorgé de carnage, il s'abat.

Puis, dans la grande paix lunaire, les calices,
Dédaigneux de Celui que la Nuit vint bannir,
Rêvent à se blesser encore, avec délices,
Aux baisers ruisselants des soleils à venir.

RUINES

Pour Séverine.

Fanant de son halo des parterres d'étoiles,
La lune monte au ciel dont l'azur se vermeille ;
Des nuages lointains stagnent, comme des voiles
Au large de la mer lorsque le vent sommeille.

Dans un bosquet un peu fané, fleurant la mûre,
Au fond d'un parc désert quatre fois séculaire,
Où mainte cascatelle en ruines murmure,
Voilà que faiblement l'ombre morne s'éclaire.

Aux baisers d'un rayon frissonnent des statues
Que se rappellent les duchesses-bergerettes
Parmi les madrigaux s'en allant court vêtues,
Avec, sous l'éventail, des mines si distraites !

Navrés en leur amour pour les fêtes galantes,
Les Nymphes, le Bacchus, la Diane et les Faunes
Sur leurs socles croulants ont des poses dolentes,
Et grimacent de lamentables rires jaunes.

Elle ne brandit plus l'arc d'un geste superbe,
Diane, et de leur faux brutale, les années
Ont fait rouler son chef parmi les touffes d'herbe :
— Telles on vit les duchesses guillotinées.

Mais un linceul de mousse, aux pitiés infinies,
Entoure avec lenteur tous les débris funèbres
Qui, cette nuit, aux opalines harmonies,
Evoquent le Passé dans les demi-ténèbres.

LA MALE HEURE

Pour Ernest Raynaud.

Les doux printemps d'illusion sont révolus :
Au ciel, que les soleils ne glorifieront plus,
Vois accourir, à la fanfare des rafales,
Les galères de neige en foules triomphales.

Des ailes ont voilé d'un augural linceul
Le refuge d'azur qui nous demeurait seul ;
La désolation solitaire des grèves
Envahit le jardin que fleurirent vos rêves.

Tout se déchire en de funèbres nudités :
Les grands lis ingénus et les ferventes roses
Sont partis à la bise en papillons moroses,

Le rire est mort dans les bosquets désenchantés,
Où désormais retentira la voix sans leurre
Du vain clocher d'espoir qui tinte la male heure.

SONNET D'HIVER

Pour Jules Renard.

Le ciel est envahi d'une tristesse grise
Où frisonne un reflet mourant de soleil froid ;
La bise au fond des parcs gémit, la peur s'accroît,
Le marbre triomphal blanc de givre se brise.

Le rêve est désolé de brume toujours grise,
Le souvenir y laisse à peine un rayon froid ;
En les âmes d'hiver, dont la neige s'accroît,
L'orgueil d'un cher empire évanoui se brise.

Pleuré longtemps par les rameaux crispés de froid
Dans les bosquets voilés d'une dentelle grise
Un funèbre tapis de pourpre et d'or s'accroît.

Au glas du vent, la fleur d'illusion se brise,
Et, comme elle se meurt, dans l'atmosphère grise
Des yeux mystérieux luisent d'un rire froid.

PANTOUM DU FEU

Pour Saint-Pol-Roux-Le-Magnifique.

Un pâle papillon bat de l'aile dans l'âtre,
Le bois fume et s'allume avec de petits cris ;
En l'âme une lueur incertaine folâtre,
Le souvenir entr'ouvre un peu son linceul gris.

Le bois fume et s'allume avec de petits cris,
Une flamme jaillit, s'abat, et se redresse ;
Le souvenir entr'ouvre un peu son linceul gris,
Une voix d'autrefois hésite en sa caresse.

Une flamme jaillit, s'abat, et se redresse,
L'or palpitant s'allie au rose frémissant ;
Une voix d'autrefois hésite en sa caresse,
Cheveux épars, s'incarne un rêve éblouissant.

L'or palpitant s'allie au rose frémissant,
Mille langues de feu se meurent réunies ;
Cheveux épars; s'incarne un rêve éblouissant,
On poursuit un vain leurre en folles agonies.

Mille langues de feu se meurent réunies :
L'ombre viendra bientôt envahir le foyer ;
On poursuit un vain leurre en folles agonies,
La vision dans la brume va se noyer.

L'ombre viendra bientôt envahir le foyer,
Un peu de cendre exhale une tiédeur bleuâtre ;
La vision dans la brume va se noyer :
Un pâle papillon bat de l'aile dans l'âtre.

LE PALAIS

Pour M. Georges Desplas.

L'âme conquise à son désir capricieux
Fut un palais fermé des souterrains au faîte,
Jalouse, elle en bannit l'or du soleil en fête,
Une seule splendeur y rayonna : ses yeux.

Contre l'assaut, dont le courage insoucieux
Aurait bravé la malemort dans la défaite,
Elle entoura son bien d'une muraille faite
De granit et de fer se dressant dans les cieux.

Sous les voûtes, jamais de fleurs ni de ramée,
Mais les lys affolants de sa chair parfumée,
Ses lèvres, ce pavot, et ses cheveux flottants.

La Fantaisie un soir dit : — Belle, voici l'heure
Du départ.
Le Palais croule depuis ce temps,
Ruine abandonnée, où la tourmente pleure.

CHANSON POUR LA TROP TARD VENUE

La Belle, qui voulez au bois cueillir la fraise,
Savez-vous pas que la cueillette est déjà faite ?
On est venu : ce fut un jour de folle fête,
Les mains ivres, la bouche en feu, les yeux de braise;

Allez, la Belle, en d'autres bois cueillir la fraise.

On dansa tant après avoir cueilli la fraise,
Que la terre naguère en fleurs est nue et dure ;
Le soir, un vent d'orage a brûlé la verdure,
Le feuillage sur vous bruit couleur de braise ;

Allez, la Belle, en d'autres bois cueillir la fraise,

Telle ne revint plus, qui fut cueillir la fraise :
Entendez-vous donc pas comme le fourré bouge ?
C'est par ici que le Petit-Chaperon-Rouge
A rencontré le méchant loup aux yeux de braise.

Allez, la Belle, en d'autres bois cueillir la fraise.

EPAVES

Pour Louis le Cardonnel.

Au premier soir de leur voyage aventureux,
Les galions chargés de nos espoirs en faste
Furent, sans lutte, le jouet d'un vent néfaste,
Et l'Océan d'oubli s'est refermé sur eux.

Ils dorment ignorés sous leur linceul de vagues,
Et dans leurs flancs, qu'illuminèrent des trésors,
C'est désormais la nuit où se traînent les ors
De grands yeux monstrueux nimbés de terreurs vagues.

L'heure vient, fatidique, où ne restera plus
(L'eau s'acharnant sans haine à son œuvre infamante)
Que des débris sans nom, jetés par la Tourmente
Au rythme indifférent des flux et des reflux.

Mais avant, quelque jour d'ouragan, dans les sables
Nus au milieu des flots béants, apparaîtront,
Achevant de mourir de leur obscur affront,
Les gloires qu'on rêva naguère impérissables.

JARDIN MORT

Pour Paul Roinard.

Enclos de murs, dont les portes sont condamnées,
Le jardin, qu'ont flétri d'extatiques années,
Gît sous l'effeuillement de ses grâces fanées.

La ronce a lentement rampé sur les gazons,
Où les perverses, méditant leurs trahisons,
Cachaient le piège de subites pâmoisons.

Aux rives de l'étang, ce miroir qui frissonne,
Pour se rire ou cueillir des nénufars : personne,
Mais de mornes roseaux, que le Temps seul moissonne.

La brume ensevelit les bosquets vermoulus
Debout dans le silence et le calme absolus :
Brise ou bise, le vent n'y rôde jamais plus.

Au ciel, où quelque oiseau de malheur toujours vole,
Plus de soleil pimpant, de lune bénévole,
Plus d'astres clignotant leur œillade frivole.

La Désolation, veuve d'espoir qui ment,
Semble régner ici pour éternellement,
Sous l'empire d'un fatidique enchantement.

***

Une heure de printemps est cependant venue,
Herbes et fleurs ont diapré la terre nue,
L'étang s'est constellé des joyaux de la nue.

Les portes ont laissé leurs battants engourdis
Sous les lierres inextricablement ourdis
S'ouvrir au vent berceur des bosquets reverdis.

Ce fut lorsqu'apparut, sans laisser de vertige,
Tant sa marche semblait un parfum qui voltige,
La Reine rayonnante en nimbe de vestige.

Distraitement, elle cueillit, de ci, de là,
Un bouquet pour fleurir sa robe de gala,
Puis, laissant le royaume à la mort, s'en alla.

Dès lors, enclos de murs aux portes condamnées
Le jardin, qu'ont flétri d'extatiques années,
Gît sous l'effeuillement de ses grâces fanées.

V

Car je suis insensible et faite de silence.

VILLIERS DE L'ISLE-ADAM.

Banal comme l'Amour, la Mort, et la Beauté
Monte l'accord d'un Psaume et d'un épithalame.

CHARLES MORICE.

LE CALICE ENGUIRLANDÉ

Pour le Dr Rémy Giroud.

Pour que s'immortalise un merveilleux supplice,
L'Eternel Féminin lève au ciel un calice
Enguirlandé de folles fleurs de volupté.

La haute coupe, d'un métal diamanté,
Où se profilent de lascives silhouettes,
A l'attirance d'un miroir aux alouettes,
Et nos divins désirs, qu'elle éblouit un jour,
Viennent, l'aile ivre, éperduement voler autour,
Criant la grande soif qui nous brûle la bouche,
Jusqu'à l'heure de la communion farouche
Où chacun boit dans le métal diamanté
La Science : qu'il n'est au monde volupté
Hormis les fleurs dont s'enguirlande le calice,

Pour que s'immortalise un merveilleux supplice.

LITANIES

Ecrin dont les joyaux tentateurs sont les vices
Constellés de rubis saignés des mains novices ;

Salut, Reine de grâce et de perversité.

Claire fontaine, où tout venant se désaltère,
Bois sacré, qui laissas violer ton mystère ;

Salut, Reine de grâce et de perversité.

Eglantier du chemin, dont la fleur provocante
Darde sous la feuillée un regard de bacchante ;

Salut, Reine de grâce et de perversité.

Nuée errante au bas de l'azur, triste et grise,
Qui voles au soleil un éclat qui vous grise ;

Salut, Reine de grâce et de perversité.

Feu follet, qui parais une lueur propice
Aux égarés pour les conduire au précipice ;

Salut, Reine de grâce et de perversité.

Ciel, qui répands à flots de lumière embrasée
Aux lis dont le calice implore la rosée ;

Salut, Reine de grâce et de perversité.

Fruit maléfique, à la douceur pleine de fièvres,
Qui t'offres de toi-même au baiser de nos lèvres ;

Salut, Reine de grâce et de perversité.

Caravelle enchantée, où s'embarquent des foules,
Qui, par un ciel limpide, en plein océan, coules ;

Salut, Reine de grâce et de perversité ;

Linceul tout constellé de fleurettes jolies,
Où tant d'âmes sont à jamais ensevelies ;

Salut, Reine de grâce et de perversité.

LE SANG DES ROSES

Pour Gabriel Randon.

On a cueilli, dans un beau songe émerveillé,
Un radieux bouquet de roses printanières,
Que des belles d'aurore, aux exquises manières
Des temps évanouis, fleur à fleur ont pillé.

En songe on a cueilli des roses printanières.

Des gouttes de rosée ingénuement tremblaient
Au cœur à peine ouvert de chacune, et semblaient,
Pour les belles d'aurore, aux exquises manières,
L'animer d'un joli regard émerveillé.

On a fait un bouquet de roses printanières :
Des belles qui passaient, fleur à fleur, l'ont pillé,

Puis, en des nonchaloirs cruels d'orientales,
Bien vite, elles en ont arraché les pétales
Et souriaient en les voyant saigner un peu.

Le Poète pieux a recueilli des roses.
Le sang, qu'ont oublié les belles à leur jeu,
Afin d'en composer des vers un peu moroses
Sans doute, et défaillant, mais plus qu'il n'a voulu,
D'un parfum de regret du songe révolu.

NAUFRAGE

Pour Louis Dumur.

De bons aventuriers entendirent la mer,
Dont les flots soupiraient : « Abandonnez la grève,
Nous vous emporterons vers des îles de rêve,
Où jamais un réveil n'a de sourire amer. »

Un soir que dans l'azur palpitaient tous les astres,
Ils ont gaîment appareillé vers l'inconnu,
Et c'était fête à bord quand l'orage est venu
Précipiter sur le vaisseau tous les désastres.

La tourmente les a jetés près d'archipels,
Dont les bois exhalaient de vagues symphonies
Et des parfums chargés de langueurs infinies,
Accompagnant des voix aux magiques appels.

C'était le chant suave et mortel des sirènes,
Qui s'avançaient, avec d'ineffables lenteurs,
Les bras en lyre et les regards fascinateurs,
Dans les râles du vent divinement sereines,

Les naufragés déjà sombrés se révoltant,
Luttaient contre la mort à mains désespérées ;
Elles, les enlaçaient sur les vagues cambrées
Et les ensorcelaient de ciel pour un instant,

Puis les jetaient sans âme aux rages de la mer,
Qui soupirait jadis : « Abandonnez la grève,
Mes flots vous berceront vers des îles de rêve,
Où jamais un réveil n'a de sourire amer. »

L'IDOLE

Pour Louis Pilate de Brinn'Gaubast.

Les bras levés en un grand geste qui bannit,
L'antique idole d'or, à la bouche narquoise,
Du mal enchantement de ses yeux de turquoise
Eclaire son immense temple de granit.

Depuis la voûte impénétrable qui l'abrite,
Jusqu'à l'autel de marbre noir, son piédestal,
Tout l'édifice, qu'ornemente un art brutal,
Trahit un culte sombre au maléfique rite.

Un nuage d'encens, lourd d'apparitions,
Exhalé d'encensoirs défaillants s'y déroule
Et tombe, à plis voluptueux, sur une foule
Muette et prosternée en adorations,

Dès les vieux jours ensevelis dans les ténèbres,
Viennent là toutes les tribus de l'univers
Se profaner, sans joie, en hommages pervers,
Où leur âme s'endort pour des réveils funèbres.

Parfois quelqu'un surgit, de lumière vêtu,
Qui, jetant l'anathème au fond du sanctuaire,
Fait retentir dans un silence mortuaire
Sa voix, où pour jamais l'accent humain s'est tû.

Il exalte un espoir insensé de victoire
Qui, sous les pieds cruels de la divinité,
Révolterait son peuple en serpent irrité
Dans le mépris d'un châtiment expiatoire,

Et, le regard dans une extase évanoui,
S'ouvre la chair de la poitrine avec les ongles,
Puis lève haut, comme une fleur pourpre des jungles,
Ses mains rejointes en calice épanoui.

Tous alors, bondissant de leur sommeil stupide,
Morne océan qu'un vent de haine a déchaîné,
D'une seule clameur hurlent : qu'il soit traîné
Dehors, et que la main des femmes le lapide.

Et de rechef, quand c'est fini de l'apostat,
Ils s'accroupissent dans leur fête sépulcrale,
Blasphémant : qu'ils arracheront son dernier râle
A qui se dresserait pour un même attentat.

Mais dédaigneuse et se riant des forfaitures,
Sachant par tous les morts qu'en vain s'attaqueront
A son joug triomphal, qui leur courbe le front,
Les générations vivantes et futures,

Les bras levés en un grand geste qui bannit,
L'antique idole d'or, à la bouche narquoise,
Du mal enchantement de ses yeux de turquoise,
Eclaire son immense temple de granit.

VI

Te souvient-il de notre extase ancienne ?
Pourquoi voulez-vous donc qu'il s'en souvienne ?

PAUL VERLAINE.

RÉSIGNATION

Pour Laurent Tailhade.

A l'heure où l'oasis trop longtemps poursuivie
S'évanouit comme un mauvais enchantement,
La désolation du désert de la vie
Semble se pénétrer irréparablement.

Avec sa voix de glas, l'horloge coutumière
A sonné le réveil brutal des lendemains ;
Tes songes d'or n'ont plus d'essor dans la lumière,
Les guirlandes se font poussière dans tes mains.

Résigne-toi : — les oripeaux dont se décore
La misère d'aimer, éblouiront encore
Ta nuit, où la mauvaise étoile transparaît.

Mais ne te laisse pas surprendre à la magie
Des Renouveaux ; et grave en ton âme assagie :
Que l'amour : c'est le vin d'oubli, qu'on boit d'un trait.

COMPLAINTE POUR DON JUAN

Pour Léon Deschamps.

Je suis un piano brisé,
Parce qu'il a trop amusé.

Au clavier tout neuf, des menottes
A plaisir ont cassé des notes.

J'ai roucoulé très gentiment
Des morceaux pleins de sentiment.

Histoire de rire, des femmes
Ont tapoté des airs infâmes,

D'autres : des « tradéridéras »
Et des « laïtous » d'opéras.

C'était faux, on n'y songea guère :
A la guerre comme à la guerre.

Chacune voulut à son tour
Quelque ritournelle d'amour,

Et joua sans miséricorde
En massacrant corde sur corde,

Tant et tant ! que les trémolos
Eurent la gaîté des sanglots.

On croyait ouïr, aux roulades,
Les râles d'un tas de malades.

Quand ce fut assez odieux,
Elles me firent leurs adieux

A coups de pied dans la carcasse :
Un joujou déplait, on le casse.

Je suis un piano brisé,
Parce qu'il a trop amusé.

SUPERBIA

Pour Edmond Barthélemy.

Au seuil du Parc, gemmé d'aurore printanière,
Où, témoignage du Passé, gît la statue
D'un blême Eros tombé de hautaine manière,
La chanson qui riait dans nos rêves s'est tue.

Dès lors, plus savamment que l'ardente lanière,
Qui, dans le poing crispé du bourreau, s'évertue
A n'accorder jamais la blessure dernière,
Chaque heure aux mains du Temps sur nous s'est abattue.

Nostalgiques bannis du pays des chimères,
Mais revenus des soirs de rire ou d'élégie,
Nous détournons les yeux des fêtes éphémères ;

Et notre solitaire exil se réfugie
Dans un palais brûlant d'une magique flamme :
L'orgueil des souvenirs qui nous dévorent l'âme.

Il a duré moins qu'une fleur dans votre main,
Ce voyage entrepris à l'aventure, ensemble,
Vers un ciel d'éternel printemps qui vous ressemble :
Me voilà seul et j'ai perdu votre chemin.

Mais je vous chante au fond des forêts, où m'écoute
Seul le chœur étonné des Faunes, et tandis
Que je leur dis et leur redis nos paradis
Le Regret obscurcit mes regards goutte à goutte.

Alors donnant l'empire à mes yeux immortels
Par delà l'horizon de cette humaine vie,
Un bon Ange apparaît soudain, qui me convie
A voir mes songes incarnés de doux pastels.

Et je vous ai sans nos poussières de la terre,
Sans les tentations dont le règne est puni,
Pure évocation d'un silence infini
Irradiant tous les mirages du mystère.

MÉDITATION

Pour Stanislas de Guaita.

Quand le Sage, gardé par les indifférences,
Rêve l'isolement d'un calme piédestal,
Autour de lui surgit de l'Abîme natal
L'enchantement des fugitives apparences.

Par le chemin des sens, qu'elles ne savaient plus,
S'offrant toutes avec un chant d'épithalame,
Elles marchent à la conquête de son âme,
Pour l'enchaîner de fleurs au loin des cieux élus.

Et les voici, parfums câlins, dont la nuée
S'exhale impénétrable aux lumières d'en haut,
Les voici, chœur berceur, dont la langueur prévaut
Contre la voix d'en haut qui lutte exténuée.

Elles réveillent en pétales éclatants
Sa bouche autrefois close aux papillons du rire,
Ce pendant qu'oubliant le geste de proscrire,
Ses mains font des bouquets dans l'espace et le temps.

Alors un dieu se meurt que devenait le Sage :
Le mensonge des apparences règne en roi
Sur le bétail de ses désirs en désarroi
Vers les enlisements du terrestre passage,

Et parce qu'il n'a su, fort de tous les mépris,
Donner l'essor sans trêve à son vouloir sublime
Au-dessus des vains artifices de l'Abîme,
L'Abîme en ricanant l'aura bientôt repris.

— Pour devenir, un jour, Celui que tu recèles,
Et qui pourrait périr avant d'avoir été
Sous le poids d'une trop charnelle humanité,
O mon âme ! il est temps enfin d'avoir des ailes.

IN MEMORIAM

IN MEMORIAM

Pour E. P. de L.

Si le Temps et l'Oubli, vieux conquérants brutaux,
Epuisent contre moi leur guet-apens sans trêves,
Reine farouche du royaume de mes rêves !

L'œuvre de clairs de lune et d'éclairs de métaux,
Que bâtit follement sur le sable des grèves
Ma Foi sereine, dont les nuits furent si brèves,

Demeurera, sous des nuages radieux,
Un monument de symbolique architecture,
Debout pour vous chanter devant l'ère future.

Mais y pénétreront ceux-là seuls, dont les yeux
Sauront en évoquer l'ineffable aventure
D'un Autrefois, qui nous enchante et nous torture.

Pour eux : la chevelure en nimbe, les regards
Eternisant les ciels en gloire de l'Attique,
Se dressera votre fantôme hiératique,

Et vos mains sur un large essor d'anges hagards,
Chœur blême vous louant d'un terrible cantique,
Effeuilleront le sang d'une rose mystique.

VERS POSTHUMES

PREFACE

La chair est bien triste et l'âme est bien laide,
Mais en vieux retors, le Mensonge plaide
Que l'âme est toujours candide, et le Fard
Ejouit la chair d'un souris cafard,
La chair est bien triste et l'âme est bien laide.

Sous le ciel envahi de Spleen, germent des fleurs
Maléfiques, dont les parfums ensorceleurs
Dépravent l'innocence en d'exquises douleurs.

N'a-t-on pas sonné le glas de l'Eglise ?
L'amour tous les jours se meurt d'analyse ;
Nous consolons-nous buvant et rêvant ?
C'était mieux l'amour comme auparavant,
Et la foi naïve en la Sainte Eglise.

Sous le ciel envahi de Spleen germent des fleurs
Maléfiques, dont les parfums ensorceleurs
Dépravent l'innocence en d'exquises douleurs.

Le Temple désert s'écroule, à la place
Nous édifions des huttes de glace
Qui fond de la boue au premier soleil,
Tout est dans le mal à jamais pareil,
La beauté n'est plus que fard et fallace.

Sous le ciel envahi de Spleen germent des fleurs
Maléfiques, dont les parfums ensorceleurs
Dépravent l'innocence en exquises douleurs.

7 août 1886.

MADRIGAL

C'est une aurore claire et rose
Fleurant un parfum de lilas,
L'amour dont tu m'ensorcelas,
Lasse, mon âme s'y repose.

Je suis vaincu du Spleen, un chœur
De remords en moi geint et clame ;
Mets tes yeux où sourit ton âme
Dans mes yeux où pleure mon cœur.

Etreins-moi, plus fort que la tombe
Ne veut m'enserrer,et me dis
Des visions du Paradis,
Tout bas, comme la neige tombe.

Je vais à l'abîme béant,
Je me sens envahi par l'ombre,
Sans Toi, c'est bien fini, je sombre
A tout jamais dans le Néant.

AGONIE

La Malemort tiendra le pécheur terrassé.
Près d'exhaler dans l'inconnu son dernier râle,
Il s'épouvantera de voir tout son passé
Surgir dans la terreur de l'ombre sépulcrale,
Lorque la malemort le tiendra terrassé.

Très lentement, et sans qu'il pleure, et sans qu'il crie
Ses haines, ses orgueils, ses luxures d'antan,
Tous ses péchés, hurlante et pâle théorie
Défileront au rire éclatant de Satan,
Très lentement, et sans qu'il pleure, et sans qu'il crie.

De frêles visions de femmes paraîtront
Et clameront : « C'est toi, toi qui nous a damnées,
Viens encor, sur nos seins flétris poser ton front
Et cueillir des baisers sur nos mains calcinées, »
De frêles visions de femmes paraîtront.

Parce qu'il a vécu tout en proie à la terre,
Insoucieux des pleurs, des cris et des sanglots,
Cynique au fond des turpitudes sans mystère,
La géhenne sera béante et le ciel clos,
Parce qu'il a vécu tout en proie à la terre.

P. V.

Je ne peux pas vivre avec ma conscience,
Il me fait peur d'aller où sont les maudits.
J'ai bien renoncé pourtant au Paradis,
— Cuirassons nos lâches cœurs d'insouciance.

Veux-tu du vin ou du rhum ?
Ou des potions qui donnent la folie ?
Dis-moi donc un moyen sûr, pour que j'oublie
Cet horrible. *In secula seculorum* !

Le Remords avec sa voix de mélodrame.
Je l'entendrai lorsque sonnera mon glas
Jetons cet enragé sous un matelas,
Essayons d'étouffer sous la chair notre âme,

VAINE JOIE

Je demeure le saule aux rameaux toujours verts
Qui, l'écorce rugueuse et dure, semble avide
De vivre, et dès jadis se corrompt et se vide
Le cœur mystérieusement rongé de vers.

Le Spleen est à la mode, il en devient stupide,
Je le conserve au fond de moi comme un secret,
Si je posais au pessimiste on en rirait
Comme des airs piteux d'un toutou qu'on lapide.

Pourquoi mettre ma plaie à nu ? — Pour l'aviver ?
Je ne suis pas d'humeur à vêtir la défroque
De Paillasse, pour vous narrer d'un ton baroque :

J'ai des filles à prendre et des vins à cuver
Comme vous tous ; je ris, et il me déplait qu'on voie
Toute l'inanité cruelle de ma joie.

TROTTINS

Les fillettes aux yeux polissons,
Les trottins s'en vont par les rues
Dévisageant les beaux garçons,
Et les vieux chauves à verrues.

Dans les plumes ou dans les fleurs,
Les modes, la parfumerie,
Elles ont même effronterie
Et même gamme de pâleurs.

Toujours sur leurs poitrines maigres
Se meurt un bouquet de deux sous :
Mêmes dessus, mêmes dessous,
Parfumés d'étranges vinaigres.

Elles rêvent, à l'atelier,
De vouer leur beauté du diable,
A la cascade irrémédiable
En cabinet particulier.

Dans leur perversité précoce,
Elles ont de petits amants
Et lisent de mauvais romans
Pour se faire à la grande noce.

Sans autre candeur sur le front
Qu'un maquillage à la céruse,
Singeant l'innocence avec ruse
Dans la vie elles rouleront.

Aussi trottinant par les rues,
Les trottins aux yeux polissons
Dévisageant les beaux garçons,
Et les vieux chauves à verrues.

SOLITAIRE

Blanche, comme les flots de blanche mousseline,
Enveloppant sa chair exsangue de chlorose,
Elle rêve sur un divan dans une pose
Exquise de langueur, et de grâce féline.

De ses yeux creux jaillit un regard qui câline
. . . . . . dans le vague, elle se rose,
Sa bouche se carmine et frissonne mi-close,
Sa taille par instants se cambre, puis s'incline.

Sa gorge liliale, où rouges sont empreintes
Des lèvres, se raidit comme sous les étreintes,
Elle sursaute en proie au plaisir, et retombe.

Dans ses longs cheveux d'or épars rigide et pâle,
Et sans l'harmonieux tressaillement d'un râle,
On dirait un cadavre un peu frais pour la tombe.

SONNET NUPTIAL

Emmi la glycinale idylle du balcon,
La lune a vu plus d'une illusoire rapine,
Dont la pâle a rougi comme la neige alpine
Aux baisers du ménétrier de l'Hélicon.

Elle rêve au secret de son albe âme qu'on
Doit s'épiner devers l'Amour en aubépine
Fuir les brilatéraux rites de Proserpine
Et périculoser le gué du Rubicon.

Mais furibond comme un Faune qu'une Nymphe outre
Son désir ébranlant le brun seuil triomphe outre.
O désastre de lis jusqu'alors invaincu.

Son pourpre honneur avec Eros tombe mort quitte
Maculé le lotos de gueules de l'écu,
Morne son cœur : crépuscule que tout or quitte !

LE CHATIMENT

Elle régnait en des lointains de l'Infini,
J'ai violé son auréole de mystère,
J'ai voulu l'incarner et la traîner à terre,
Et voilà mon péché cruellement puni.

Mes yeux n'ont jamais vu le rêve de mon âme,
A peine si je l'ai reconnu dans la chair,
Et depuis, mes pensers vers l'Idéal si cher
Ne s'élèvent plus comme un parfum de cinname.

Je l'ai banni du Ciel, pour éternellement,
L'angélique splendeur de sa grâce indécise,
Pâlit dans un humain exil et se précise.

C'est la femme qui pleure, et qui rit, et qui ment
Reine avilie, au fond des ténèbres assise
Cet Idéal dégénéré, mon Châtiment.

LES AILES FOLLES

Tu veux du Ciel, toujours du Ciel,
Et les ailes folles, tu voles
Vers les décevantes idoles
D'un Eden artificiel.

Tu retombes de l'envolée,
Ta vieille foi mourante, et puis
Tu stagnes comme l'eau des puits
Délabrés, trouble et désolée.

Alors une mauvaise voix
T'exalte un amour de la terre
Et bas te conseille : « fais taire,
L'appel des songes d'autrefois ».

Mais toujours tu réponds : je n'aime
Que les hauteurs vierges encor,
Je sais bien que mon vain essor
S'y brisera, je pars quand même.

LE SACRILÈGE

Un ivrogne urina, sans le moindre respect,
Très longuement, devant l'église Saint-Sulpice.
Dévotes et dévots fuyaient à son aspect.
Survint le sacristain : « c'est ailleurs que l'on pisse, »
S'écria l'homme noir, blanc d'indignation,
« *Vade retro*, cochon ! »
Et, sans émotion,
Silencieusement le poivrot le contemple,
Lui désigne du doigt la façade du temple,
Où ces trois mots étaient peints en noirs : Liberté,
Egalité, Fraternité.

Son geste, son maintien, son air, ses yeux humides
Rappelaient Bonaparte au pied des Pyramides.

Puis, il dit sur un ton rempli de dignité :
— « Liberté ! donc je pisse ici, si bon me semble,
« Egalité ! tu peux bien pisser aussi, toi,
« Si ça te fait plaisir, mon vieux, pissons ensemble ;
« Fraternité ! si t'es un frère, tiens-la moi. »

SONGE VAIN

Une tiède et chantante aurore de juillet,
Nous fûmes dans les blés constellés de rosée;
Des champs que l'horizon tout d'or ensoleillait
S'envolaient des flocons de buée irisée.

Candides, nous errions des fleurettes aux mains,
Nos songes prenaient leur essor dans la lumière,
Elle et moi n'avions pas connu les lendemains
Désenchantés, et leur tristesse coutumière.

Ils sont venus ; sur la campagne et sur nos cœurs
Il a neigé bien des linceuls aux froids vainqueurs ;
— Mais le ciel, des printemps d'azur neuf se décore,

Aux résurrections des avrils et des mais
La terre est toute en joie, et nous rêvons encore
Un renouveau d'amour qui ne viendra jamais.

THÉATRE

Cette vie est bien monotone :
Même farce et même décor,
Ne saurait ou jouer encor
Un peu de neuf qui nous étonne ?

Je sais un théâtre divin,
Pièce et décor, tout y varie,
C'est une fantasmagorie,
Les auteurs sont l'Amour, le Vin.

L'Amour compose les grands rôles
Où l'on pleure, quand vient le tour
Du Vin, c'est un feu de mots drôles.

Avec le Vin, avec l'Amour
On peut vagabonder sans trève
Dans le Ciel infini du Rêve.

BOUQUETIÈRE

Elle trotte menu par les grands boulevards
Haussant au nez des gens sa corbeille fleurie.
Son babillage d'une exquise effronterie
Déride les bons vieux solennels et bavards.

Cette ravissante et mignonne poupée
Aux yeux pervers sous un blond fouillis de cheveux,
Cambrant sa taille avec un coup de reins nerveux
Dans le reps défraîchi d'une robe fripée.

Elle a l'air déluré d'un gamin de Paris,
Le teint rosé de fard comme une vieille garde
Son mince fichu bâille un peu, pour qu'on regarde
Ses petits seins aigus blancs de poudre de riz.

Prenez-vous mes œillets, mes beaux messieurs, dit-elle,
En lançant des regards polissons aux gommeux
Je n'en ai pas toujours qui fleurent bon comme eux,
Mes feuillages sont fins comme de la dentelle.

J'ai des bouquets qui font pâlir les falbalas,
Mesdames, vous plaît-il d'embaumer vos toilettes ?
Gardenias, muguet, mimosas, violettes,
Lilas rouges, lilas blancs, et lilas lilas.

Et gazouillant les noms de ses fleurs, la fillette
Se glisse dans la foule épaisse, s'attachant
A retenir, avec un sourire alléchant,
Les bourgeois égrillards à la panse replète.

Mais elle aime les vieux solennels et bavards
Qui lui parlent, l'œil vif, et la mine fleurie
En lui pinçant la taille avec effronterie
Lorsque le soir descend sur les grands boulevards.

CAVALIER SPLEEN

Le cavalier Spleen a pour monture,
Une âme à plaisir, il la torture.

Il se jeta sur elle, d'un bond,
Ainsi qu'un loup, sur un vagabond.

Il lui déchira les flancs, le lâche,
A coups d'Eperon et de Cravache ?

Comme elle gémissait, hennissant
Il riait, de voir couler le sang.

Hop ! hop ! Carlan, galope, galope,
Qu'un nuage tonnant t'enveloppe.

Il me faut aller un train d'enfer
Je te veux du feu, dans chaque fer.

Ne touche pas, ou je te défonce
A la fleur qui survint dans la ronce.

Cabre-toi, rue, et fais des façons.
Le Spleen ne vide pas les arçons.

LA DIVA

C'est au Café-concert un tel entassement,
Qu'on ne sait, ni comment s'avancer, ni comment
Reculer ; on s'écrase à plaisir ; la fumée
Plane, brouillard rougi de gaz, sous le plafond,
On crie, on rit, l'orchestre accompagne un bouffon
Qui glapit sa chanson d'une voix enrhumée.

Public mêlé : Gommeux en paletot mastic,
Monocle à l'œil, suçant la pomme de leur stick,
Mouquettes en sueur dont le fard se délabre,
Des calicots presqu'à la mode, mais sans gants,
Leurs maîtresses avec des poufs extravagants,
Des cabotins très débraillés, la face glabre.

Tout ce monde là fait un tapage infernal,
Les chanteuses devant un pareil bacchanal
Ont beau s'égosiller les deux poings sur les hanches,
Elles doivent céder la place à la diva,
Qui, lèvres rouge-sang, et seins nus poudrés, va
Frétillante, et le diable au corps, brûler les planches.

Ses yeux cernés de kohl ont des lueurs d'éclair,
Sa peau semble crever son maillot rose-clair
Tandis que sur un ton canaille elle commençe,
Et telle est sa rouerie à dire la chanson
Que les mots sans malice ont un air polisson,
Les applaudissements vont jusqu'à la démence.

Zut pour les mœurs! Plus c'est grivois, plus c'est exquis;
Calicots, cabotins et filles sont conquis,
Et se pâment devant un geste bien obscène,
C'est comme tous les soirs un triomphe complet
Et jamais on entend s'achever un couplet
Sans qu'un pschutteux ne lance un bouquet sur la scène.

Et la diva gaspille à ce tas de balourds
Les langueurs de ses yeux doux comme le velours,
Et ses baisers, et ses frais sourires, mais triste
Que tous ainsi que des satyres soient venus
Se régaler de mots lubriques, de seins nus,
Sans jamais voir que la femelle dans l'artiste.

. . . .

II

Nos pensers, nos désirs, nos fougues sont les mêmes,
Nous nous enveloppons de longs regards vainqueurs,
Dans un concert d'amour triomphal, nos deux cœurs
Chantent à l'unisson ; si je t'aime tu m'aimes.

Nous nous sommes conquis l'un l'autre inassouvis :
Soyons éperduement un seul être, qui plonge
Affolé d'infini, dans l'abîme d'un songe
Extatique, où l'esprit et la chair sont ravis.

III

Nos jours de joie auront de tristes lendemains
Que mieux vaut ignorer à jamais ; si tu l'oses,
Dans notre chambre, un soir, les fenêtres bien closes,
Nous épandrons des tubéreuses, des jasmins,
Des lis, des lilas et des grappes de glycine :
Dans l'ombre leur senteur énervante assassine.

TABLE

TABLE

—

VERS POSTHUMES

ACHEVÉ D'IMPRIMER

Le quatre mai mil neuf cent cinq

PAR

BUSSIÈRE

A SAINT-AMAND (CHER)

SAINT-AMAND, CHER. — IMPRIMERIE BUSSIÈRE

GROUPE BRUNET

ARCHIVISTIQUE INTERNATIONALE

Membre du Conseil International des Archives

LE TAILLAN-MEDOC

NOVEMBRE 1991

www.ingramcontent.com/pod-product-compliance
Ingram Content Group UK Ltd.
Pitfield, Milton Keynes, MK11 3LW, UK
UKHW031917260826
14628UKWH00003B/1244

9 782013 056397